Étudiante soumise 2

Collection de domination érotique

Erika Sanders

Étudiante soumise 2

Erika Sanders
Série
Collection de domination érotique

Synopsis

Étudiante soumise 2 est un roman à fort contenu érotique BDSM et, à son tour, un nouveau roman appartenant à la collection Erotic Domination, une série de romans à forte teneur en BDSM romantique et érotique.

(Tous les personnages ont 18 ans ou plus)

Remarque sur l'auteure:

Erika Sanders est une écrivaine de renommée internationale, traduite dans plus de vingt langues, qui signe ses écrits les plus érotiques, loin de sa prose habituelle, de son nom de jeune fille.

Indice

ÉTUDIANTE SOUMISE 2
ERIKA SANDERS

11

CHAPITRE 1

"Votre première mission peut être basée sur divers morceaux de littérature, mais gardez à l'esprit qu'il est crucial de se concentrer sur les thèmes sous-jacents, les motifs et l'attitude culturelle des œuvres."

La voix du professeur Geoffrey Johnson résonna dans toute la pièce.

Avec des yeux vert foncé, des cheveux bruns et un corps mince d'environ six pieds de haut, il respirait le charme, l'autorité et la confiance.

Il a exposé les vingt étudiants de sa classe d'exploration des cultures historiques.

Ils semblaient tous écouter attentivement, prenant manifestement cela très au sérieux comme sujet de leur cours.

Ils attendaient beaucoup de lui bien sûr.

En dépit d'être sa première année en tant qu'enseignant, à vingt-huit ans, il était l'un des plus jeunes membres de la faculté, ayant rapidement acquis la réputation d'être un enseignant dur avec un programme rigoureux.

En fait, de nombreux étudiants avaient été refusés ou étaient sur une liste d'attente pour suivre le cours ce semestre.

"Par exemple, vous pourriez opter pour quelque chose de classique comme L'Odyssée ou sortir des limites de l'attirail liturgique et créer quelque chose de plus ... attrayant; mais je doute que l'un ou l'autre de vous m'impressionnera la première fois", at-il poursuivi.

Ses yeux se posèrent sur une fille aux cheveux noirs au deuxième rang, qui le regardait avec des yeux gris clair et d'élégantes lunettes à monture noire.

Elle avait une expression inquiète sur son visage avec un léger froncement de sourcils et de belles lèvres roses.

"Quelque chose ne va pas, mademoiselle ...", il regarda sa liste de "Sanchez?"

Elle a répondu.

"Umm ... Non. Jeannie, s'il te plaît. La plupart des gens m'appellent Jeanny."

"Je ne suis pas la plupart des gens, Miss Sanchez. Mais vous le découvrirez bientôt. Maintenant, comme je le disais ...,"

Mais Jeannie avait arrêté d'écouter.

C'était sa première année en tant qu'étudiant diplômé, et à vingt-deux ans, il avait finalement pu voyager assez loin de chez lui et de sa famille pour avoir un semblant de liberté et d'indépendance.

Elle attendait avec impatience des expériences universitaires et une vie passionnante depuis si longtemps, trouver des professeurs arrogants et attrayants sur sa liste de souhaits était une surprise.

Attends, sexy?

Elle secoua la tête, essayant de se vider l'esprit.

Qu'entendez-vous par «je ne suis pas la plupart des gens»?

Elle avait besoin de lui parler de cette tâche, mais ses manières pendant les cours ne l'avaient que intimidée et taquinée en même temps.

Vaguement, il entendit le bruit des papiers et des gens qui quittaient la pièce.

Sortant de sa rêverie, elle attrapa ses affaires et partit.

Du coin de l'œil, Geof, comme il était connu de ses amis proches et de sa famille, a vu Jeannie partir.

Vêtue d'un pull à col jaune, d'une jupe noire et de leggings, elle était une image très attrayante.

Elle était courbée aux bons endroits et son pull faisait allusion à de gros seins ronds qu'elle adorerait toucher, caresser et sucer.

Si seulement...

Elle était étudiante pour avoir pleuré à haute voix!

Elle le dépassa, une légère couleur sur ses joues et il se demanda ...

«Miss Sanchez», sa voix se fit entendre à travers les limites de la pièce vide.

Elle se retourna, le regardant dans l'expectative.

«Il semblait que vous aviez des inquiétudes concernant les devoirs. Passez à mon bureau demain, s'il vous plaît, pour discuter.

Avant qu'elle ne puisse répondre, il sortit, lui caressant légèrement l'épaule.

Le toucher était électrique.

Il l'entendit haleter doucement, s'arrêta pendant une milliseconde, et sans regarder en arrière, continua de marcher.

L'avait-il juste envoyée à son bureau?

Jeannie ne savait pas quoi en penser.

Comment saviez-vous qu'elle avait un problème pressant avec son travail assigné?

Plus que ça, avait-il senti l'électricité crépitante?

Il était un enseignant!

Tu ne devrais pas penser comme ça!

Mais pourquoi ne pouvait-il pas s'empêcher de regarder ses larges épaules se retirer au loin?

CHAPITRE 2

Il entendit le coup doux et hésitant à la porte.

Bon.

Elle était confuse.

Il pouvait le sentir.

«Entrez», entonna-t-il.

Il ne savait pas comment il était sûr qu'elle était celle qui était à la porte, mais il le savait.

Elle se glissa à l'intérieur, fermant silencieusement la porte derrière elle.

"Bonjour professeur," le salua-t-il nerveusement.

Ses yeux l'ont attrapée.

Ses cheveux étaient légèrement écartés autour de ses épaules et elle était vêtue de bottes marron clair, d'une robe-pull vert émeraude et de bas.

Sur indication de lui, elle s'assit sur la chaise en face de son bureau.

Il s'éclaircit la gorge.

«Alors, Jean. Comment puis-je vous aider?

Elle a commencé.

"Aidez-moi? Vous m'avez demandé de venir."

Jean? Était-ce un homme bipolaire? Qu'est-il arrivé à Mme Sánchez et «Je ne suis pas comme la plupart des gens»?

"Oui, parce que je pensais que tu avais des questions sur les devoirs ..."

"Eh bien, oui. Mais ... comment le savez-vous? ..."

Il haussa simplement les sourcils.

"Peu importe, je suppose," continua-t-elle à la hâte. "J'ai des problèmes avec la date limite. Je comprends que vous vouliez qu'elle se termine vendredi de la semaine prochaine, mais j'ai des problèmes personnels urgents qu'ils ne me permettront pas de présenter à temps. J'espérais que vous m'accorderiez une prolongation. En échange, je pourrais écrire un document plus ou peut-être explorer deux emplois ou autre chose qui justifie la durée. "

Sa poitrine se souleva alors qu'il tripotait le bracelet à son poignet, un geste nerveux, sans aucun doute.

Il observait tout d'une manière décontractée, gardant un visage de poker à tout moment.

À quoi pensait cet homme ?

"C'est trop demander pour la première semaine du semestre, Jean."

C'était là encore, cette forte emphase sur une version courte de son nom.

Personne ne l'appelait Jean.

Jeanny, oui, mais il avait déjà rejeté ce surnom.

Elle retint son souffle. Elle avait vraiment, vraiment besoin de cette extension.

"D'accord, je vais vous donner l'extension, mais à une condition. Je ne veux pas que vous basiez votre essai sur quelque chose de classique. Concentrez-vous sur un sujet ou un sujet plus différent, moins conventionnel, plus puissant, peut-être même ..." Il s'arrêta.

"Même ?" Demanda-t-elle, le souffle lourd.

Il y avait quelque chose dans l'intensité de sa voix, la passion sous-jacente dans ses yeux, l'enthousiasme vitreux dans sa posture qui faisait bouger ses doigts.

Cela lui a fait penser qu'il parlait de quelque chose de plus qu'un travail.

"... avec une force érotique", ses mots flottaient dans l'air, ses yeux rivés sur les siens.

"Comment c'est ?"

« Tu veux vraiment que je te montre, Jean ?

Silencieusement, elle hocha la tête.

« Peux-tu garder ça secret, Jean ? Je peux te montrer la différence, le pouvoir, le mystère, l'intrigue et surtout toi-même. Mais pour ça, tu devras garder un secret.

Elle le regarda les yeux écarquillés alors qu'il faisait le tour de la table, l'approchant lentement, prudemment, prédatrice.

Il s'arrêta derrière sa chaise et se pencha jusqu'à ce que sa bouche soit à un pouce de son oreille.

La chair de poule apparut sur son corps alors qu'elle inhalait son eau de Cologne incroyablement délicieuse.

Elle sentit un mélange d'homme et de musc et dégagea une chaleur folle qui la surprit.

« Pouvez-vous garder un secret, jeune femme ?

Elle inspira, tandis que l'air chaud lui chatouillait le cou.

Elle se retourna et regarda ses yeux verts liquides, et une fois de plus hocha la tête en silence.

"Tu es sûr? C'est la dernière fois que je lui demande, Jean, et puis il n'y aura plus de retour en arrière. Ce ne sera plus un sujet de discussion," demanda-t-il en lui caressant légèrement la gorge.

Il entendit un faible gémissement et sourit.

« Montrez-moi, professeur Johnson, » murmura-t-elle.

"Nous sommes amis maintenant, non? Vous pouvez m'appeler Geof," dit-il.

« Montre-moi, Geof, » marmonna-t-il d'une voix plus forte.

C'était toute l'invitation dont il avait besoin.

Il commença à masser légèrement ses épaules, sentant les nœuds tendus dans son dos.

"Fermez les yeux, Jean. Sentez mon toucher. Sentez mes doigts caresser vos épaules, mon souffle contre votre peau, ma voix dans votre esprit," murmura-t-il.

Ses mains glissèrent lentement la sangle de la robe à une épaule, ses mains glissant le long de sa peau lisse.

Assise immobile, elle sentit la chaleur liquide se développer entre ses jambes.

Elle ne savait pas comment ni pourquoi c'était arrivé, mais mon Dieu, elle ne voulait pas qu'il s'arrête.

Ses mains ont continué à glisser son bras jusqu'à son coude, puis à remonter.

Lentement, il glissa une main de sa clavicule à ses seins, se déplaça sous sa robe et effleura la partie supérieure de son sein droit.

Elle tressaillit d'anticipation, ses tétons déjà tendus, prêtant attention.

L'homme l'avait à peine touchée et elle était déjà en plein désordre.

Pouce par pouce, séduisante, angoissante, sa main se déplaça plus bas, sous le tissu de son soutien-gorge.

Son autre main a continué à masser son épaule toujours couverte.

«Ressens ça, Jean,» souffla-t-il à nouveau, plus près de son oreille cette fois, envoyant un choc électrique dans sa colonne vertébrale.

Elle sentit ses doigts encercler son sein droit et elle pouvait le sentir s'approcher de son mamelon.

Mais il la caressa seulement, encerclant doucement son mamelon, sans le toucher.

Il la rendait folle.

"Oh s'il te plait!" gémit-elle.

"Chut ... jeune femme. Patience."

Il continua son jeu doux, relançant sa frénésie.

Soudain, il embrassa son cou et lui serra fort le mamelon en même temps.

Elle a presque tressailli d'orgasme au contact, gémissant et gémissant alors qu'il pressait et pinçait le petit cocon serré.

"Oh, tu es si beau Jean. Si beau, désireux et exposé comme ça."

Toujours debout derrière elle, il tourna la tête et sa bouche se referma sur la sienne.

Sa bouche avait un goût de vanille et d'épices et son parfum unique lui fit perdre le contrôle.

Ses lèvres douces cédèrent et sa langue envahit sa bouche avec une férocité qu'elle n'avait jamais connue auparavant.

Il avait besoin d'elle, à sa manière, et bientôt.

La vue de sa poitrine ronde blottie dans sa main, pourtant couverte de vêtements, ses réponses trop consentantes et ses halètements innocemment vulnérables le rendaient fou.

Sans arrêter le baiser, il la força à se relever et l'écrasa contre lui-même, prenant sa bouche avec une passion aveugle à laquelle il ne s'était pas attendu.

Elle a réagi en tandem, passant ses mains dans ses cheveux, se rapprochant, respirant de manière irrégulière et ravissante alors que ses mains parcouraient son dos et ses fesses.

Ses mains descendirent le long de ses cuisses couvertes, descendirent jusqu'à ses genoux et remontèrent lentement.

Il continua le long de sa jambe, ne s'arrêtant que légèrement en touchant la peau nue de ses bas.

Il continua de grimper, l'embrassant toujours, le dos à la table, son corps contre lui.

Il remonta sa culotte, remonta le plat de son ventre et attrapa la fermeture éclair avant de son soutien-gorge en dentelle rouge.

Adroitement, il la déboutonna, laissant ses seins se libérer.

"Sans bretelles, Miss Sanchez? J'approuve," dit-elle avec appréciation en retirant son soutien-gorge de sous sa robe. "Je pense que je vais garder ça avec moi."

Il amena sa bouche à la sienne alors qu'elle haletait pour respirer, gémissant et gémissant alors que ses mains parcouraient ses seins, les pétrissant et les caressant avec des pincements exaspérants continus contre ses mamelons.

Ses mains parcouraient son dos et ses hanches reposaient contre son érection grandissante.

Elle aimait cet homme et ne se souciait pas de son désir privé d'attendre un peu plus longtemps son petit ami.

Ce qu'il ne savait pas ne lui ferait pas de mal.

Elle le sentit glisser ses mains plus bas et sentit ses mains bouger dans les boucles douces cachées dans sa culotte.

Ses mains continuaient à bouger, malgré la façon dont elle se tendait, ce qu'elle savait qu'il avait dû ressentir.

Avec précaution, sensualité et adoration au fur et à mesure, il écarta les lèvres et glissa un doigt le long de sa chatte humide.

Elle a presque convulsé à son contact.

Il a maintenu un mouvement rythmique, déplaçant son doigt de haut en bas, puis s'est concentré sur son clitoris.

Il frotta le petit bourgeon en mouvements circulaires, imitant le mouvement avec sa langue alors qu'il l'embrassait.

Elle gémit, mais il ne s'arrêta pas.

Sans relâche, il se concentra sur son clitoris et elle se pressa contre lui.

"Oh s'il te plait, oh s'il te plait. Geof, oh mon Dieu, Geof," hurla-t-elle.

«C'est vrai, donne-le moi, Jean, donne-toi à moi. Montre que tu es prêt.

"Oh Geof s'il te plait oh oh oh ..." Il n'arrêtait pas de la frotter, et juste au moment où il pouvait sentir sa libération, il glissa un long doigt en elle, la baisant lentement alors qu'elle le contournait. "Oh, ah, mon Dieu, Geof, oh, il se passe quelque chose ..." et elle explosa sur ses doigts.

Il sentit sa chatte serrée se resserrer sur ses doigts, sentit son clitoris durcir encore plus et se délecta des mouvements orgasmiques frémissants de son corps.

"C'est bien, Jean. Prends-le pour moi. Regarde ce que je peux te faire faire," grogna-t-il, bas, dans son oreille.

Toujours sous le choc des répliques de son premier orgasme, elle luisait de sueur et marmonnait d'un air penaud:

"Je n'ai jamais fait ça avant Geof, c'était ..." il s'interrompit, un regard de pur bonheur, de surprise et de paix sur son visage.

"Quoi? Tu es vierge?" »Demanda-t-il furieusement, alors qu'il glissait ses doigts, lissait sa robe et la regardait fixement. «Sais-tu dans quoi tu t'engages, Jean? Oh mon Dieu, de penser à ce que j'avais prévu pour toi, sans que tu l'ait fait plus tôt!

"Quoi? Qu'est-ce qui ne va pas? Je peux faire ce Geof, je veux que vous me montriez plus. C'était la meilleure chose qui me soit jamais arrivée." Elle s'est rapprochée. «Montre-moi la différence, Geof. Montre-moi l'intrigue, le mystère... moi-même.

Il sourit en entendant ses propres mots sortir de sa bouche.

"D'accord. Rejoignez-moi chez moi ce soir à huit heures. Ne soyez pas en retard. Ne changez pas, comportez-vous bien et j'envisagerai de rendre votre soutien-gorge ce soir."

"Attends quoi? Avons-nous déjà fini? Vous n'allez pas ... vous savez?" murmura-t-elle timidement.

«Allez quoi, Miss Sanchez? Va te faire foutre? Tout à l'heure, jeune fille. Je te verrai ce soir.

Il lui fit un clin d'œil, lui donna un dernier baiser et se déplaça derrière son bureau.

Toujours abasourdi, elle rassembla ses affaires et se dirigea vers la porte.

"Au fait, Miss Sanchez," cria-t-il, "vous devrez toujours m'envoyer ce papier dans votre extension."

CHAPITRE 3

Il regarda à travers les stores des fenêtres quand il vit la voiture s'arrêter dans l'allée.

Sa virginité compliquait les choses, mais pas de beaucoup.

Elle l'avait demandé après tout.

De plus, il ne pouvait pas imaginer l'avoir autrement.

Il avait besoin d'elle pour la maîtriser.

Elle était définitivement son type.

Son anticipation grandit lorsqu'il la vit marcher vers la porte.

20h précises.

Eh bien, il aimait les femmes ponctuelles, et il aimait particulièrement un Jean ponctuel.

Il s'approcha et ouvrit la porte.

"Salut Jean. Longtemps sans voir," sourit-il alors qu'elle franchissait le seuil.

Il pouvait voir ses tétons dressés et le contour de ses seins sans soutien contre la robe-pull émeraude de l'après-midi.

Il la regarda sans honte, avec appréciation.

Elle se tortilla sous son regard franc.

«J'ai porté cette robe parce qu'elle me rappelait tes yeux, tu sais,» dit-elle doucement, un sourire timide sur le visage.

Il étouffa son étonnement, surpris par la pure honnêteté de ses aveux.

«Oh Jean»

Il lui tira la main, la tira plus près, touchant légèrement ses lèvres contre les siennes.

«Je te veux depuis que je t'ai vu dans ce cours. Viens.

Fermant la porte, il la conduisit à l'intérieur.

La maison était belle, mais elle était trop distraite pour remarquer de tels détails.

Les souvenirs de l'après-midi l'avaient rendue nerveuse toute la journée et elle avait très envie d'en savoir plus.

Il l'embrassa alors avec ferveur, encore plus passionnément qu'avant, si possible.

«Je veux te montrer plus, Jean. Plus que ce qui s'est passé cet après-midi. Bien que ce soit ta première fois, je vais te montrer que je suis ton propriétaire. Que tu viennes est seulement en mon pouvoir.

Sa voix était hypnotique.

Elle a été prise dans son charme.

Ses mots avaient une nuance dangereuse pour eux-mêmes, mais elle l'ignora.

Cela la toucha, et elle avait le sentiment qu'il voulait dire plus que du sexe lubrique.

"Tu seras à moi. Encore et encore. Impuissant, volontaire ou attaché, tu vas me laisser faire ce que je veux avec toi, quand je veux, comme je veux et où je veux. Comprends-tu, jeune fille?" Il grogna contre ses lèvres, tirant légèrement sur elle. sa tête en arrière avec ses cheveux.

"Oui monsieur. Oui!"

Monsieur?

D'où vient cela?

Ses mots auraient dû l'effrayer, mais sa voix ne faisait que l'exciter encore plus.

Elle voulait être à lui, comme il la voulait, elle voulait se donner à lui.

Comme elle était dans son bureau.

Elle n'en avait pas honte, elle lui faisait confiance.

"Bien. Par ici."

Il la conduisit dans une pièce avec un grand lit et une chaise berçante dans le coin.

Il attrapa une télécommande, commença une mélodie instrumentale sensuelle qu'elle ne reconnut pas et atténua les lumières.

Il s'installa dans le fauteuil à bascule et lui fit signe d'avancer.

"Tenez-vous devant ma petite fille. Déshabillez-vous."

Elle le regarda avec surprise.

Il lui rendit son regard.

Ses lèvres se durcirent.

"J'ai dit, allons-y. Maintenant. Lentement."

Cela semblait différent maintenant.

Ses yeux s'étaient durcis, mais elle pouvait toujours ressentir la passion brûlante en dessous.

Lentement, elle ôta ses bottes et les mit de côté.

Elle se retourna, se pencha et glissa progressivement un bas puis l'autre le long de ses cuisses.

Elle sentit son regard chaud sur elle, et elle se délecta de la sensation.

À part que cet homme la regardait, tout semblait très naturel.

Quand elle se retourna, il vit que ses yeux prenaient plaisir à la façon dont ses hanches se balançaient sensuellement de leur propre chef.

Il l'avait transformée en une créature sexuelle et elle savourait son regard.

Lentement, elle commença à retirer sa robe, ne lui offrant que sa culotte pour qu'il la regarde.

Il avait maintenant son soutien-gorge de l'après-midi dans ses mains.

Il se leva et se dirigea vers elle, l'attira contre elle et l'embrassa à nouveau, la tenant légèrement par le cou, ne la touchant nulle part ailleurs.

Il prit un bandage dans son autre main, fixant ses yeux gris confiants, et l'attacha à son visage.

Elle gémit de surprise, mais ne fit aucun autre geste.

Il se déplaça derrière elle et lui passa habilement les poignets avec des poignets en cuir.

Il leva les bras au-dessus de sa tête et l'attacha à un bracelet collé au plafond.

Il la lia avec ses seins poussés, prêts à être pris.

Il l'entoura lentement, notant la vitesse de sa respiration.

"Monsieur?" Elle a demandé.

Il ne répondit pas, mais prit une plume et commença lentement à la faire courir de haut en bas sur son torse.

Elle frissonna.

Il la frotta contre ses mamelons tendres et dressés, résistant à l'envie de la baiser maintenant.

Elle se balança d'un côté à l'autre et il regarda l'humidité glisser le long de ses jambes, sa culotte clairement trempée.

"Oh, tu dois être un énorme mangeur de bite, n'est-ce pas Jean?" marmonna-t-il en continuant son tripotage exaspérant avec la plume. «Je peux voir comment tu veux le mien. Je peux dire que tu peux à peine te contenir pour le manger.

Il s'approcha et lui gifla brusquement le cul avec sa main.

Elle cria, visiblement surprise et il apprécia la vue de sa fesse rose sous sa culotte.

«Est-ce que tu as aimé Jean? J'ai vu que ton corps l'a fait.

Il la serra dans ses bras par derrière, laissant son cul douloureux sentir son érection dure, à travers la rugosité de son jean, sa peau maintenant encore plus sensible.

Ses bras l'entourèrent et il lui pinça les mamelons, provoquant chez elle des gémissements de plaisir incessants.

"C'est bien, mon petit mangeur de bite. Je pense déjà que tu sais peut-être que je peux te faire jouir rien qu'en touchant tes tétons. Mais tu as déjà eu ton sperme aujourd'hui," dit-elle en continuant à pétrir, à serrer et à tirer. ses mamelons durs.

"Mmmmm, oh Geof, oh mmm"

"Tu n'as même pas de mots, n'est-ce pas, ma petite pute? C'est bien. Tu es ma petite pute maintenant. Je peux faire tout ce que je veux", dit-il en frappant son autre fesse.

«Aargh!

«Tu vas faire ce que tu veux, comme tu veux, et quand tu veux, tu comprends, petite pute?

PAN! Une autre fessée.

"Tu viens quand je te le dis et pas avant, tu comprends?"

PAN! Une autre fessée dure.

"Aargh! Oui monsieur! Oui! Je suis votre petite pute monsieur. Je ferai ce que vous dites."

"Bien," murmura-t-il en marchant devant elle.

Il prit lentement un mamelon dans sa bouche, le suçant et le mordant, et passant sa langue sur le bout sensible alors qu'il touchait et caressait l'autre.

Il pouvait la sentir s'offrir avec empressement à lui, poussant ses seins vers son visage.

Il garda le rythme, prêtant attention à une poitrine, puis à l'autre, puis tomba brusquement à genoux.

Avant qu'elle ne sache ce qui se passait, il avait arraché sa culotte, et sa langue était sur elle, suçant et léchant son clitoris, l'enveloppant dans des sentiments d'extase si exquis qu'elle ne savait pas combien de temps elle pouvait tenir.

Il la tenait fermement, massant son cul pendant qu'il la mangeait, suçant et jouant avec son clitoris, frottant le cocon d'un côté à l'autre avec des gouttes occasionnelles sur sa chatte humide.

Elle sentit la tension de la spirale monter en elle, plus forte que l'après-midi et se tendit, et juste au moment où elle était sur le point d'exploser, il s'arrêta.

"Oh mon Dieu non! S'il vous plaît, Geof, monsieur, laissez-moi venir!"

"Qu'est-ce que je t'ai dit avant toi petite pute? Tu viendras seulement quand je te le dirai. Tu allais venir sans demander d'abord si tu pouvais, non?" Dit-il d'un ton menaçant.

Avant qu'elle ne puisse répondre, il lâcha ses menottes du plafond, la traîna sur le lit, la tourna sur le côté et la pencha à l'autre bout.

Maintenant, il l'attacha au lit, ses jambes écartées vers le sol et ses chevilles pressées contre les bords du lit également.

Elle sentit ses mains sur son dos alors qu'il remontait son cul.

Elle tremblait d'anticipation.

UN AUTRE SPANKING!

«Je t'ai dit de ne pas venir avant ta salope. Assurez-vous de vous en souvenir.

"Votre."

PAN! FESSER!

"Vous êtes."

PAN! FESSER!

"Moi."

PAN! FESSER!

"Petite."

PAN! FESSER!

"Chienne."

PAN! UN AUTRE FESSER!

«Comprenez-vous, Jean? Qui êtes-vous?

PAN! FESSER.

"Je suis à vous monsieur!" Elle hurla en se tordant, étrangement excitée par son assaut. "Je suis votre sale pute et salope; s'il vous plaît, baisez-moi monsieur s'il vous plaît!"

Il sourit en réponse.

"Bonne salope."

Il se déshabilla rapidement et trouva les doux plis de sa chatte avec ses doigts.

Il inséra doucement un doigt, puis deux, l'étirant, la remplissant, la préparant à ce qui allait arriver.

Il pétrit ses fesses en le faisant, faisant correspondre son rythme en elle avec le sien.

Il a sorti ses doigts et a frotté son majeur contre son clitoris alors qu'il plaçait sa grosse bite dure à l'entrée de sa chatte tremblante.

«Je vais te prendre maintenant, salope, et même si c'est ta première fois, je vais le faire maintenant.

Elle ne pouvait que gémir et frissonner en réponse, son corps était déjà tendu de tension et elle voulait profiter davantage de ses orgasmes et de ses fessées hédonistes.

Sans prévenir, il se jeta soudain sur elle, brisant ses barrières intérieures.

Elle a crié fort, peut-être de douleur, mais il a commencé à bouger, dur, rapide et implacable, et elle l'a rattrapé.

Il la rattrapa encore plus fort alors, la frappant, ses couilles frappant son cul et ses cuisses alors qu'il s'enfonçait jusqu'à la base de sa bite en elle.

"C'est vrai, salope. C'est ma bite en toi, qui te prend, te remplit, te marque. Tu es à moi."

Il la poussait de plus en plus vite à chaque phrase, agrippant ses hanches avec une telle passion que ses mains laissaient des empreintes sur sa peau alors qu'il bougeait.

"Oh mon Dieu, oui monsieur, oh oui, oui, oui monsieur, faites de moi le vôtre!" elle gémit entre ses dents.

Il pouvait la sentir tendue, il pouvait la sentir prête à se libérer, et lui aussi.

"Viens maintenant salope, viens maintenant!" Il grogna, alors qu'il atteignait son apogée avec une force qu'elle n'avait jamais expérimentée et déchargeait tout sur elle.

"C'est vrai salope, viens maintenant!" siffla-t-il, juste au moment où elle se resserrait autour de lui et l'entourait, criant son nom sur les draps, étouffé et mélangé avec la musique persistante ...

FIN

33

AUGMENTATION DE SALAIRE
ERIKA SANDERS

35

Anita a frappé à la porte comme si elle ne voulait pas la casser.

Cela n'avait aucun sens, car elle était la seule personne restée dans la boutique de beignets.

Elle et la personne de l'autre côté de la porte, bien sûr.

"Allez-y," la voix de cette personne retentit.

Anita ouvrit la porte et entra, la refermant derrière elle.

Le déclic de la serrure quand il la pressa avec la poignée de porte semblait assourdissant dans le bureau calme.

Eric Galvez leva les yeux de la paperasse sur son bureau.

Il regarda Anita, une jolie employée mexicaine brune portant l'uniforme scolaire du magasin, une chemise blanche boutonnée et une jupe écossaise courte, tenant un sac de beignets.

Elle avait un corps impeccable et des cheveux bruns épais et en couches qui tombaient sous ses épaules.

"Bonjour Anita", a déclaré Eric.

Le gérant du magasin, marié et père de deux enfants, la quarantaine, a posé son stylo et a souri.

"Bonjour. Désolée si j'ai interrompu quelque chose," dit-elle timidement.

"Bien sûr que non," lui assura Eric. "Asseyez vous".

Le petit bureau du directeur se composait d'un canapé, de deux chaises, d'un bureau et de classeurs.

Eric vit Anita marcher vers lui, sa jupe se balançant d'un côté à l'autre.

Elle s'assit sur la chaise en face du bureau d'Eric, croisa ses longues jambes et laissa sa jupe atteindre ses cuisses.

Il plaça le sac sur le sol à côté d'elle.

"Que se passe-t-il?", A demandé le directeur.

Anita hésita, prit une profonde inspiration et passa lentement les doigts d'une main sur le haut de sa jambe, du bas de la jupe au genou.

"Je pense à passer de la chambre louée à un appartement", a-t-il expliqué.

Elle était une étudiante de troisième année dans une université locale, occupant plusieurs emplois dans des endroits dont les heures ne perturbaient pas ses cours.

"Génial," dit Eric avec enthousiasme, puis il s'arrêta. "Et avez-vous besoin de plus d'argent? Une augmentation?"

Anita le regarda d'un air penaud, avant qu'un regard plus sérieux n'apparaisse sur son visage.

«Je ne peux pas croire combien ils demandent à louer. Et l 'acompte est ... ", at - il commencé à dire.

"Je sais," interrompit Eric.

Il la regarda un instant.

Elle avait travaillé pour lui pendant près d'un an, demandant une augmentation de salaire une autre fois.

Dans ce cas, elle avait utilisé son corps pour "influencer" sa décision.

En fait, il avait toujours voulu une autre demande d'elle depuis.

Eric regarda le sac à beignets à côté de lui.

"Allez-vous ramener des beignets à la maison?", A-t-il demandé.

Les yeux d'Anita tombèrent sur le sac et retournèrent vers son patron.

"Non. C'est pour toi ... pour nous," répondit-elle.

Eric n'avait plus besoin d'explications supplémentaires.

Il avait également apporté un sac la dernière fois.

Et cette fois, il savait quoi faire.

Il se leva et fit le tour du bureau, se déplaçant derrière la chaise d'Anita.

Elle regarda son corps athlétique jusqu'à ce qu'il disparaisse derrière elle.

Un frisson parcourut sa colonne vertébrale en prévision.

"Alors, tu m'as apporté un beignet," dit doucement Eric. "Et vous aimeriez partager."

Anita acquiesça silencieusement.

Eric regarda la jeune femme, la chemise déboutonnée sur le dessus et les jambes bronzées qui s'étendent sous sa jupe évasée.

Ses mains agrippaient nerveusement les extrémités des bras sur la chaise.

Eric posa sa main sur les cheveux de la jeune fille et passa ses doigts le long de son cou.

Il sentit la peau chaude sous le col de sa chemise, puis déplaça sa main vers l'avant de son cou avant d'approcher le bouton du haut.

Dans un mouvement agile, il déboutonna le bouton; suivi du suivant.

Le haut de ses seins est apparu, enveloppé dans un mince soutien-gorge bleu.

Ses doigts glissèrent sur la peau lisse de son sein gauche, puis revinrent au bouton suivant.

Des deux mains, enroulant son cou autour de lui, elle ouvrit chaque bouton jusqu'à ce qu'il atteigne le haut de sa jupe.

Eric sortit la chemise de sa jupe et ouvrit le dernier bouton.

La chemise d'Anita s'ouvrit suffisamment pour qu'Eric puisse voir la plupart des seins par le haut.

Il les regarda monter et descendre alors qu'elle respirait fortement.

Un crochet central entre ses seins maintenait son soutien-gorge ensemble.

Ce n'était pas un hasard, se dit Eric.

Il tendit la main et déboutonna le soutien-gorge, laissant les deux moitiés reposer librement sur les extrémités de ses seins.

Anita a continué à rester assise immobile, regardant les mains d'Eric ou de face.

Elle savait que les choses allaient changer rapidement.

Eric a mis ses mains sur le dessus de ses seins et les a laissés tomber jusqu'à ce que ses doigts retirent son soutien-gorge.

Elle prit les seins bruns nus dans ses mains, les tenant doucement pendant un moment.

Enfin, il mit les mamelons d'Anita entre ses pouces et ses index et les pinça doucement.

La jeune femme soupira de façon audible.

Eric sentit sa bite se durcir dans les limites de son pantalon alors qu'il manipulait ses mamelons.

Ils se durcirent sous son toucher et Anita sentit un point excité voyager dans son ventre jusqu'à sa chatte.

Eric enroula ses mains autour de ses seins, mais pouvait à peine les remplir de sa prise.

Il les ramassa et les regarda s'installer dans ses paumes.

Elle fit le tour de la chaise et se tint entre le bureau et Anita, la regardant brièvement.

"Lève-toi et enlève ta chemise", dit-il d'une voix calme.

Anita décroise les jambes et se tient à quelques centimètres de son patron.

Il souleva la chemise sur ses épaules et la laissa tomber sur la chaise.

Sans s'arrêter, elle a fait de même avec son soutien-gorge.

Eric a mis ses mains à l'extérieur des cuisses d'Anita et a levé ses mains jusqu'à ce qu'elles disparaissent sous sa petite jupe.

Anita sentit ses mains se lever sur l'extérieur de sa culotte et sur ses fesses.

Puis Eric a déplacé ses mains vers sa taille et a attrapé la bande de sa culotte.

Lentement, il les abaissa, s'agenouillant tandis qu'ils passaient sur ses genoux et sur ses pieds.

Il a placé la culotte noire sur la chaise et a retiré ses chaussures.

Après s'être levée, elle a regardé sa jupe et a dit:

Enlever.

Anita déboutonna sa jupe et la laissa tomber au sol, sortant et la frappant de côté.

Eric admirait sa petite taille, ses hanches et ses cuisses pleines,

longues jambes et petits pieds.

Ses yeux retournèrent vers sa chatte et la petite mèche fine de cheveux noirs sur son clitoris.

Anita se sentait extraordinairement sexy à ce moment, l'humidité entre ses jambes augmentant de quelques secondes.

Elle voulait l'homme nu devant elle et elle savait que c'était inévitable.

"Enlève mes vêtements", lui dit-il.

Il a dû délibérément ralentir ses mouvements pour ne pas révéler son désir.

Cependant, Anita a rapidement mis la chemise d'Eric sur sa tête, révélant un haut du corps bien construit, sinon trop musclé.

Elle baissa les yeux et déboucla sa ceinture, les yeux d'Eric alternant entre ses seins et ses mains.

Elle déboutonna son pantalon et le baissa jusqu'à ce qu'ils tombent seuls sur ses mollets.

Anita s'est agenouillée et a retiré ses chaussures et ses chaussettes avant d'enlever son pantalon et de les jeter de côté.

Il attendait avec impatience le gonflement croissant de ses boxers, puis attrapa la ceinture et les abaissa.

L'énorme queue d'Eric n'était qu'à moitié dressée, mais Anita sentit une vague d'émotion l'envahir tandis qu'elle enlevait son boxer.

Elle se leva et fit face à son patron.

Au soulagement d'Anita, il fit le premier pas en la tenant près de lui et en la tirant vers lui.

Il l'embrassa passionnément, pressant son sexe contre son corps et déplaçant ses mains vers elle derrière.

Eric pressa ses joues douces tandis que leurs langues rencontraient ses lèvres.

Anita le sentit presser sa chatte contre son corps, ne sachant pas si elle était plus déterminée à se satisfaire ou Eric.

Son baiser continua alors qu'elle enroula une main autour de son sexe, le sentant palpiter.

Le coq a commencé à pointer vers le haut et la fille a pompé à plusieurs reprises sa main de haut en bas sur le membre.

Une fois le baiser terminé, Eric regarda Anita et dit:

"Ma femme ne me fait pas ça. Tu es super."

"Merci, je suis content que tu aimes ça," sourit-il.

"J'ai faim", a déclaré Eric.

"Moi aussi".

Ils se sont déplacés vers le canapé.

Eric a attrapé le sac de beignets sur le chemin.

Il trouva le temps de regarder le petit cul rond d'Anita rebondir avec ses pas avant de se coucher sur le canapé, la tête sur un petit oreiller à une extrémité.

Eric fouilla dans le sac et sortit un beignet et un petit couteau en plastique.

"Ah, garnitures à la crème à la vanille. Mes préférés », a-t-il dit. "Voulez-vous partager?"

"J'adorerais," répondit Anita.

Eric s'agenouilla et plaça le beignet recouvert de chocolat sur le ventre plat de la fille, le coupant soigneusement en deux avec le couteau.

Un frisson parcourut le corps d'Anita alors que le couteau touchait à peine sa peau.

Eric le regarda se contracter alors que la lame du couteau réapparaissait de l'intérieur du beignet épais, puis il plaça le couteau et la moitié du beignet sur le dessus du sac sur le sol.

Il souleva le beignet de son ventre et tourna le centre rempli de crème vers elle.

Méthodiquement, il l'abaissa jusqu'à ce que le mamelon sur son sein droit soit directement sous la crème.

D'un coup long et lisse, elle a apporté une couche de crème à la vanille sur le bout de sa poitrine.

Anita ferma les yeux alors que le rembourrage froid couvrait son mamelon et la peau environnante, envoyant des ondulations à travers son corps vers son ventre et sa chatte.

Eric a légèrement déplacé le beignet sur le côté et a répété le processus, ajoutant un deuxième ruban de crème à côté du premier.

Enfin, elle retourna le beignet et frotta la couche de chocolat sur le bout de son mamelon raide.

Eric plaça le beignet dans le sac et regarda Anita.

Elle regardait attentivement, anticipant son prochain mouvement et le suppliant silencieusement de la dévorer.

Eric secoua la tête sur sa poitrine et passa sa langue sur son mamelon, savourant le chocolat sucré.

Anita gémit presque à haute voix, mais elle se rattrapa et regarda la langue de son patron s'allonger pour inclure un pouce au-dessus et en dessous du mamelon.

Elle déglutit une fois avant de retourner au sein, cette fois en ouvrant grand la bouche et en plaçant autant de poitrine ronde et pleine de la fille que possible.

Sa langue gratta le mamelon plusieurs fois avant que ses lèvres ne se referment sur la viande rose et ne la sucent.

Cette fois, Anita ne pouvait pas se contenir.

"Oh, mon Dieu," murmura-t-il.

Eric leva la tête et lécha la crème de ses lèvres.

Lorsque sa bouche retomba sur le sein d'Anita, sa main poussait sur son sein et il lécha avidement le reste de la crème à la vanille de sa peau.

Il revenait toujours au mamelon.

Anita arqua son dos, poussant sa poitrine plus haut.

Elle sentit l'humidité entre ses jambes augmenter à chaque pas de sa langue sur son mamelon et elle était sûre qu'il pourrait la faire venir s'il la gardait comme ça.

Il attrapa de nouveau le beignet, cette fois en étalant la garniture blanche et le chocolat sur sa poitrine gauche en plus grande quantité.

La crème couvrait près des deux tiers de la poitrine, laissant Eric avec un demi-beignet presque creux à la main.

Après avoir remis le beignet dans le sac, elle se pencha sur le corps d'Anita et exposa méticuleusement ses seins un coup à la fois.

La fille a déplacé sa main vers le haut de la tête d'Eric et l'a pressée plus fort contre sa poitrine.

Pendant ce temps, sa main se déplaça de sa hanche à entre ses jambes, caressant momentanément le clitoris enfoui sous une mèche de cheveux brun foncé soigneusement coupés.

"Oh Jésus," dit-il doucement. "C'est si bon."

Avec seulement une petite quantité de crème à la vanille sur sa poitrine, Eric monta sur le canapé, plaçant ses jambes entre les siennes.

Son sexe était maintenant complètement dressé, pointant vers le haut à un angle aigu.

Il se pencha en avant et plaça son sexe sur la poitrine recouverte de crème, le déplaçant d'un côté à l'autre jusqu'à ce qu'il ait une petite couche de garniture blanche.

Anita a utilisé sa main pour diriger le coq vers les zones avec plus de crème.

Bientôt, il était blanc de la tête rose à la base.

Anita regarda Eric glisser en avant et porter sa bite à ses lèvres.

Anxieusement, elle ouvrit la bouche et accepta le cadeau.

Le goût sucré de la crème lui fit presque oublier son amour pour le goût d'une bite chaude et dure.

Sa langue travaillait de tous les côtés du membre tandis qu'Éric le glissait dans et hors de sa bouche, le faisant gémir de plaisir.

"Ummmm, Anita. Suce-moi Lèche-moi comme ça », a déclaré Eric. "Oui, oui. Comme ça."

Il a fallu quelques minutes à la fille pour retirer la dernière crème de son sexe; sucer, lécher et avaler aussi vite qu'il le pouvait.

Quand ce fut fini, Eric était plus dur qu'avant et était proche de l'apogée.

"Va me faire foutre, Eric," s'exclama Anita à haute voix. "Je te veux sur moi. S'il te plait."

Lorsque son patron est descendu du canapé, Anita a écarté ses jambes et a soulevé ses genoux.

Quand il avait sa bite à l'entrée de sa chatte, sa main était en position prête à le guider vers elle.

Même elle était surprise de voir à quel point elle était préparée pour lui.

Dès que la tête du pénis gonflé a trouvé l'ouverture, Eric a pu s'abaisser jusqu'à ce que ses cuisses se rencontrent en une douce tape.

"Dieu oui. Baise-moi" , a déclaré Anita..

Eric a rapidement répondu à leurs demandes.

Il la souleva le cul et commença à glisser sa bite dedans et dehors, la sentant contracter périodiquement son vagin.

Anita a soulevé ses jambes et les a doucement enroulées autour de la taille d'Eric, lui permettant de la soulever davantage.

Les seins d'Anita se balançaient rythmiquement.

Elle pinçait ses mamelons de temps en temps, envoyant ce qui ressemblait à des courants électriques directement dans sa chatte.

Pendant ce temps, Eric se repositionne pour qu'une main libre puisse masser son clitoris.

Il a trouvé le renflement bombé facilement et l'a frotté.

La tête de la fille se mit à osciller d'un côté à l'autre et marmonna:

"Merde. Merde. Oui ici. Là!"

Eric se frotta plus fort et sentit son corps se tendre.

Ses jambes le serraient fort et elle a crié: «Ahhhh. Oh mon Dieu. Maintenant."

Son orgasme a commencé avec un autre gémissement étouffé et ses hanches se sont relevées pour trouver ses poussées.

Pendant au moins trente secondes, Eric l'a pénétrée encore et encore, alors qu'elle gémissait et criait pour qu'il la baise.

Eric voulait que la sensation de sa chatte serrée autour de sa bite et de son corps se tordant sous lui dure pour toujours.

Il s'agrippa à ses fesses alors qu'elle commençait lentement à s'installer sur le canapé.

Maintenant capable de se concentrer sur son propre corps, Eric sentit la première vague de sperme monter de ses couilles.

Anita sentit l'orgasme approcher en lui et le pressa de continuer.

"C'est ça. Allez. Rentre dans ma chatte."

La bite d'Eric a explosé dans un flot de sperme qu'Anita a senti remplir ses entrailles.

Le fluide chaud jaillit en plusieurs jets, chacun accompagné d'un gémissement bruyant.

Eric attrapa Anita par le bas des épaules et pressa son corps contre le sien.

Quand elle était sur le point de finir et resta immobile avec sa bite au fond d'elle, Anita serra sa chatte serrée.

"Ahhh, bon sang. Arrête », murmura Eric, presque essoufflé et à moitié riant.

Il se secoua pour la dernière fois et tomba d'elle, mou et totalement vidé.

Il était allongé dans ses bras, sa tête sur sa poitrine et ses jambes toujours enroulées autour de sa taille.

"Tout ce que tu as à faire est de le demander quand tu veux," dit doucement Eric, son doigt traçant le contour de son mamelon.

"J'avais faim aujourd'hui", a-t-elle déclaré.

FIN

SITUATION INATTENDUE
ERIKA SANDERS

Chapitre I

"Je t'attendrai dans la chambre, enfiler quelque chose de révélateur," avait dit John.

Ils l'ont traité comme de la nourriture à emporter, pensa Gina à la fin de l'appel.

Et c'est ce qu'elle ressentait maintenant, en appliquant son maquillage sur le miroir de la commode: des yeux ombragés, des lèvres rouges en forme de cœur et suffisamment de maquillage sur son visage pour ne pas la faire ressembler à une figure de musée de cire.

Autre chose que vous voulez dans votre commande, chéri?

Satisfaite de son travail, elle a marché pieds nus sur le tapis de la chambre, vêtue uniquement de son soutien-gorge et de sa culotte, et a ouvert le placard.

Sur une étagère au-dessus de ses vêtements, elle a sorti une petite boîte d'argent et l'a portée à son lit.

Lorsqu'elle l'ouvrit, plusieurs dizaines et vingt billets tombèrent sur les draps de soie.

Gina en a compté quatre sur vingt et a gardé les autres dans la boîte.

Elle remit la boîte dans le placard, fourra l'argent dans son sac à main et commença à s'habiller.

John vivait à travers la ville dans une luxueuse maison de ville de cinq chambres près du canal.

Cela lui prendrait dix minutes pour s'y rendre, selon le trafic de l'après-midi.

C'était un client relativement nouveau qu'il avait servi six fois jusqu'à présent.

Elle détestait ça.

Il était arrogant, grossier et complètement pervers.

Il était d'origine italienne: la couleur de la peau olive, un gros nez et des cheveux noirs épais partout sur lui.

John aimait manger et Gina pensait qu'il ressemblait à un mélange entre un gangster des années 40 et un porc à ventre en pot.

Il s'était vanté de ses liens avec les enfers criminels, mais Gina n'était pas sûre de savoir ce qu'il disait était vrai.

Elle pensait qu'il essayait juste de l'impressionner.

Elle ne pouvait pas comprendre pourquoi les hommes pensaient que c'était attrayant pour les filles.

Gina détestait la violence et a tourné un film au premier signe de sang ou de violence.

Mais John était définitivement dans une sorte d'entreprise peu fiable.

Elle avait vu des armes chez elle.

Elle avait entendu des appels téléphoniques enflammés pendant leur relation sexuelle que John refusait d'ignorer.

Parler d'argent et de drogue.

Elle a trouvé des hommes haineux comme John: cupides, égoïstes, malhonnêtes et corrompus.

Cependant, elle avait trop besoin d'argent.

La vie de Gina était pleine de dettes.

Un cours universitaire en sciences humaines, la mini Fiat, qui lui a valu chaque jour un travail de secrétaire, l'achat de vêtements, des vacances à Ibiza et un prêt qu'elle avait contracté pour meubler son appartement.

Elle nageait dans la dette, mais les sociétés de prêt ne lui en avaient jamais refusé.

Et c'est pourquoi elle travaillait comme escorte privée depuis un an.

Privé était le mot clé.

Elle n'avait pas de publicité en ligne, trop effrayée que sa famille ou ses amis découvrent son secret sordide.

Sinon, elle comptait sur le bouche à oreille et ses habitués, des gars comme John.

Le premier homme qui l'a payée pour avoir des relations sexuelles avec elle s'appelait Peter.

Elle l'a rencontré sur un site de rencontres après sa rupture avec Adams, mais elle a su instantanément que ce n'était pas pour elle.

Ce n'était pas le fait qu'il avait la quarantaine et quinze ans de plus qu'elle.

En fait, c'était la raison pour laquelle elle l'avait rencontré en premier lieu, pensant qu'un homme plus âgé pouvait lui donner ce qu'Adams, un garçon de vingt-quatre ans, ne pouvait pas.

Engagement, sécurité, nouvelles expériences sexuelles peut-être.

Elle ne ressentait tout simplement aucun lien avec Peter et le savait dans l'heure qui suivait leur premier rendez-vous, un dîner pour deux dans un restaurant indien du plus beau quartier de la ville.

Elle lui a dit au revoir et l'a remercié pour un délicieux repas, pensant que ce serait la dernière fois qu'elle le verrait.

Mais Peter était plus intéressé par elle qu'il ne l'avait pensé au départ.

Il l'a contactée deux jours plus tard pour lui proposer de payer pour des rapports sexuels.

Gina a d'abord été surprise, voire offensée.

Avec son bronzage profond, ses cheveux blonds teints et son penchant pour révéler les vêtements, elle savait qu'elle faisait une certaine impression attrayante.

Mais cela ne ferait pas d'elle un renard ou une personne qui écarterait les jambes au premier signe de problèmes financiers.

Elle avait certainement rencontré des filles qui le feraient.

Mais Peter semblait être un gars si gentil, et plus Gina pensait à sa dette, elle commençait à se demander quel mal il y avait à accepter l'offre. Il y aurait un avantage mutuel.

Peter la posséderait et elle obtiendrait l'argent dont elle avait désespérément besoin.

Si personne ne se blesse vraiment, quel est le problème?

Gina était cependant naïve.

Elle n'a jamais imaginé à quel point le sexe rémunéré pouvait être addictif, ni à quel point cela serait misérable et bon marché pour elle.

Pour aggraver les choses, Peter n'était pas le gentleman qu'elle avait d'abord pensé qu'il était.

Bientôt, le mot se répandit qu'elle était bonne à ses services et cela ne pouvait être que parce qu'il le propageait directement.

Des offres de toutes sortes, via le site de rencontres où elle avait rencontré Peter, remplissaient sa boîte aux lettres.

Il ne pouvait pas croire combien d'hommes plus âgés recherchaient des femmes plus jeunes avec qui avoir des relations sexuelles et combien étaient prêts à payer pour cela.

Cela avait été très lucratif pour elle et elle a vite appris qu'elle pourrait gagner plus d'argent si elle était disposée à repousser un peu plus ses limites.

Les hommes ont payé plus pour des choses comme l'anal, la domination, la douche dorée et divers types de jeux de rôle.

Gina avait investi dans des uniformes d'écolière, de la lingerie sexy et des fouets. Elle avait mangé tout ce qui lui était suggéré, elle avait mis toutes sortes d'objets en elle et avait même fait semblant d'allaiter un homme de cinquante ans portant une couche.

Bien sûr, John, avec son argent, avait bénéficié de tous les services disponibles.

Des prostituées de haut niveau aux stars du porno et même à la page trois modèles.

C'était une obsession à la limite de la dépendance.

Il semblait que toutes les jeunes et belles filles étaient prêtes à vendre leurs attributs tout en les désirant.

C'était tragique.

Donc, ce n'était pas une surprise, qu'après en avoir entendu parler par un ami, John ait contacté Gina.

Et ce soir, ce serait leur cinquième fois ensemble.

Gina vérifia sa montre et rangea ses vêtements dans le miroir du couloir. "Tout sera terminé dans un an, ma fille", se rappela-t-elle.

'Tu peux le faire.'

Puis il saisit ses clés et sortit par la porte.

Chapitre II

Dix minutes plus tard, il s'est arrêté à Midesting Road.

Il était juste dix heures et demie et une fête au bord de la piscine dans l'une des autres maisons battait son plein.

Il a franchi les portes en fer forgé de la maison de John et a garé la Fiat sur la route.

Le clair de lune brillait sur le toit de la Mercedes d'argent de John lorsqu'il entendit le bruit de ses talons craquer sur le gravier et il se dirigea vers le côté de la maison.

John lui avait dit d'entrer par l'entrée arrière.

Ce soir, ils vont jouer à un jeu de rôle.

Il va être allongé sur le lit et elle va entrer, comme un voleur, et le surprendre.

John adorait mélanger les choses.

Elle n'avait jamais rencontré un homme aussi imaginatif sexuellement.

Il s'arrêta à mi-chemin sur le côté de la maison et regarda de haut en bas dans l'allée.

Elle était sûre que personne ne la verrait là-bas, mais elle voulait s'assurer au cas où.

Elle baissa sa culotte, la fit glisser le long de ses talons, puis ajusta sa jupe.

Elle fourra sa culotte dans son sac.

Dentelle rouge, la préférée de John.

Puis elle trébucha sur ses talons le long du chemin et ouvrit la porte de l'arrière-cour.

Une poubelle en métal a sonné quand il l'a accidentellement frappé avec le bout de son talon pointu.

'Stupide!' Elle se réprimanda.

La lumière de la cuisine était allumée et la porte-fenêtre qui y conduisait était entrouverte.

John doit l'avoir laissé ouvert pour elle.

Gina repoussa ses cheveux, continua sa marche sensuelle et entra dans la maison.

Il sentit l'odeur de brûlé en entrant dans la cuisine et ferma la porte.

C'était probablement l'un des cigares que John aimait fumer.

C'était un gangster fumant.

La maison était silencieuse.

John devait l'attendre au lit comme il l'avait dit.

Gina traversa la salle à manger très soigneusement meublée, tous les meubles modernes et le bois dans une teinte rouge foncé, et sortit dans le couloir.

Elle regarda vers l'escalier en colimaçon.

"John," dit-il moqueur. «Êtes-vous prêt ou non?

Ses talons claquèrent sur les marches polies alors qu'elle montait les escaliers.

Lorsqu'il se tourna dans le couloir, il vit la porte de la chambre de John s'ouvrir.

La lumière était allumée mais ne faisait toujours aucun bruit.

Puis il a entendu un grincement.

'John?'

Le gros bâtard était probablement assis sur son trône dans la salle de bain attenante.

Gina lissa ses cheveux, abaissa son décolleté et entra dans la pièce.

Tout semblait s'arrêter à ce moment.

Le corps entier de Gina se figea.

Allongé sur le lit, complètement nu et regardant le plafond, se trouvait John, avec une mare de sang trempant les draps autour de lui et sa gorge tranchée.

Hurla Gina.

Une silhouette sombre sortit de derrière la porte et l'attrapa, enroulant un bras autour de son cou et mettant sa main sur sa bouche.

"Ne fais pas de bruit ou je couperai aussi le tien", a-t-il dit.

Gina sentit la pointe aiguë et froide d'un couteau autour de son cou.

'Qui es tu?' gémit-elle.

«Quelqu'un avec qui vous n'aimeriez pas baiser»

L'homme serra son cou plus fort avec son avant-bras musclé.

'Qu'est que tu fais ici?'

«Je suis venu voir John».

'Pour que? "

"Il m'a demandé de le faire."

'Parce que?' demanda l'homme.

«Juste pour le voir.

Il a écrasé la trachée de Gina avec son bras, la faisant s'étouffer.

'Parce que?' cri.

«Pour avoir des relations sexuelles», Gina a réussi à babiller.

Elle a commencé à tousser lorsque l'homme a relâché la pression autour de son cou.

'Tu es une prostituee? ' il a dit.

'Ne pas!'

'Alors quoi?'

«Une escorte».

"C'est la même chose", a déclaré l'homme.

Gina n'a rien dit, trop effrayée que l'homme puisse lui casser le cou ou la poignarder si elle le contredit.

"Il semble que nous ayons un problème", a-t-il déclaré.

Il se tourna vers le corps sans vie de John, tenant Gina fermement entre son bras et sa poitrine.

Gina avait l'impression qu'elle allait tomber malade en voyant autant de sang.

"Maintenant tu es témoin d'un meurtre."

S'il vous plaît, plaida Gina.

'Je ne le dirai à personne. Laisse-moi partir. '

Chapitre III

Un rire sinistre vint de l'homme.

"Vous comprenez sûrement que ce ne sera pas aussi facile que ça."

La peur a traversé le corps de Gina.

Elle sentit de l'urine chaude commencer à couler à l'intérieur de ses jambes.

Elle ne voulait pas mourir ce soir.

L'homme lui attrapa le bras avec sa main gantée de cuir et la conduisit à la salle de bain.

Il ferma la porte derrière eux et se tourna pour la regarder.

Gina recula dans un coin lorsqu'elle vit son visage.

Elle ne s'était pas attendue à ce que ce soit l'un des plus beaux visages qu'elle ait jamais vu, mais c'était la profonde cicatrice qui coulait le long d'un côté de sa joue qui l'avait le plus surprise.

Et son corps semblait fait pour tuer, avec des épaules de champion de boxe et ça pouvait casser un cou en deux.

C'était un monstre.

Il la regarda de haut en bas avec des yeux bleus durs.

«Qui sait que vous êtes ici?

'Personne! S'il vous plaît, pouvez-vous me laisser partir et m'échapper. Je vous assure, je ne le dirai pas à la police.

Il s'approcha d'elle à un rythme lent et prédateur.

«Il est trop tard pour ça. Vous avez déjà vu mon visage. »

«Je promets que je ne le dirai pas. S'il vous plaît, ni vous ni John ne m'inquiètent, je veux juste rentrer à la maison. Je ne veux pas mourir. "Gina fondit en larmes.

L'homme a mis une main gantée sur son épaule nue et s'est approché menaçant de son visage.

Gina sentit l'air chaud de son nez effleurer ses joues.

«Maintenant, maintenant, maintenant», ronronna-t-il. «Pourquoi ruiner ce joli visage?

Il passa un long doigt sur la joue striée de larmes de Gina.

Le corps entier de Gina s'est transformé en glace lorsqu'elle a senti son contact.

Il y avait quelque chose d'extrêmement conflictuel dans l'attrait qu'elle ressentait pour le corps de cet homme et la peur qu'elle ressentait d'être coincée contre le mur par quelqu'un qu'elle connaissait pourrait facilement la tuer.

Il se pencha plus près et passa sa langue rugueuse sur son visage, la faisant sentir un frisson traverser sa peau.

Elle ne s'attendait pas à ce qui allait suivre.

La main gantée de l'homme glissa sous sa jupe, ses longs doigts sondant ses lèvres exposées.

«Vilaine,» dit-il lors de sa découverte inattendue.

'S'il te plait ... oh'

L'homme avait retiré son gant et un long doigt charnu était maintenant à l'intérieur d'elle.

Il a trouvé le clitoris de Gina en douceur et l'a massé, créant une chaleur qui a commencé à se répandre en elle.

Il passa sa langue sur les contours fermes du cou de Gina en même temps.

Gina se tourna et vit son reflet dans le miroir au-dessus de l'évier.

Et il a également vu cette bête grande et étrange s'enfoncer dans son cou comme un vampire, avec la lame du couteau dans sa main libre clignotant dans la lumière halogène comme un avertissement.

Elle n'osa pas bouger de peur qu'il n'utilise sa pointe acérée contre elle.

L'homme s'éloigna et fit courir son regard sur son corps.

Il y avait une profonde excitation en eux comme s'il pouvait voir son corps nu à travers les vêtements.

Il glissa son sac de son épaule et le laissa tomber sur le sol, alors qu'un tube de rouge à lèvres et une culotte rouge se répandait sur les carreaux.

Il attrapa l'un de ses seins à travers son gilet moulant et le serra doucement, puis passa son doigt sur son mamelon alors qu'elle se raffermissait.

Elle était du mastic entre ses mains.

«Qu'est-ce que tu vas faire de moi? Elle a demandé.

«Puisque nous sommes seuls et que nous avons l'endroit prêt pour nous, je vais vous donner ce que ce gars là-bas ne vous aura jamais donné.

Oh mon Dieu, pensa Gina. Pas ca.

Sentant sa peur, l'homme sourit.

'Ne t'en fais pas. Une fois que vous me rencontrez dans votre chatte, vous serez heureux que l'autre soit mort.

L'homme avait raison de dire qu'ils étaient seuls.

Sans voisin à proximité, tout appel au secours donnerait des résultats infructueux.

Si ... si elle était d'accord, elle a fait ce que l'homme a dit, elle pourrait sortir de la maison vivante.

Avec toutes les autres chances contre elle, quel autre choix avait-elle à part jouer le meilleur jeu de rôle de sa vie?

Il a donc pris une décision.

Elle allait faire la meilleure performance de sa vie.

Et si cela échouait, elle avait un plan de sauvegarde.

"Enlève ça," grogna l'homme en hochant la tête vers son gilet.

Gina a fait ce qu'il a dit.

Lorsque le gilet glissa sur sa tête, elle secoua ses cheveux et le regarda.

"Je veux que tu te déshabilles aussi," dit-il.

L'homme laissa échapper un rire moqueur.

«Tu ne vas pas me dire quoi faire. Et je ne suis pas aussi stupide que vous semblez le croire. Jetez-le. Il hocha la tête vers la jupe de Gina.

Elle déboutonna sa jupe et la laissa tomber le long de ses jambes, puis lui donna un coup de pied avec son talon.

Elle était là devant lui en talons et soutien-gorge, et avec des lèvres vaginales rasées exposées à l'air frais de la salle de bain.

Il leva ses yeux bleus entourés de mascara au regard pénétrant de son ravisseur.

"Comme c'est doux et beau", dit-il, aspirant de l'air dans ses narines. 'Tourne toi.'

Gina se retourna et regarda le mur de tuiles.

À travers le reflet du miroir, elle regarda l'homme se pencher et caresser son entrejambe alors qu'il étudiait ses fesses.

La grosse bosse qu'il voyait sortir de son pantalon lui fit savoir qu'il était bien doté.

Il la fit se pencher en avant, attrapa ses hanches et amena son entrejambe vers elle.

La masse dure et grasse pressait maintenant contre la fente de ses fesses.

Sa main nue toucha son cul et la poussa en avant, le couteau toujours fermement saisi dans l'autre.

Gina le regarda alors qu'elle le plaçait sur le comptoir près de l'évier et commença à déboutonner son pantalon.

Elle regarda le couteau, luttant contre l'envie de l'attraper.

Mais elle savait qu'elle ne pouvait pas être aussi stupide; avec sa taille, l'homme allait dominer son petit corps d'un mètre et demi en quelques secondes. Pourtant, c'était tentant ... très tentant.

Son pantalon noir tomba au sol révélant une paire de boxers, également noirs, sur d'énormes cuisses musclées.

Son érection monta jusqu'à l'ourlet, gonflée et énorme.

Gina ravala le halètement qui s'échappa presque de sa bouche.

Comment pouvait-il intégrer tout cela?

La grosse bite était tendue contre le tissu serré de son short, impatiente de sortir.

Lorsque l'homme les abattit, la grosse tête violette tomba sur les joues de Gina.

Le membre épais et très veineux mesurait au moins cinq pouces de long.

Le tueur était un Adonis sexuel.

Il attrapa sa hanche avec la main toujours gantée et prit sa bite avec l'autre, la guidant vers les lèvres vaginales de Gina.

Quand elle sentit le sexe chaud et doux entre ses lèvres, Gina haleta.

Et quand il l'a poussé à l'intérieur, ses genoux ont presque fléchi.

Le pénis entra dans une profondeur audacieuse, palpitante d'excitation à l'intérieur de son vagin chaud et humide.

Il a frappé une zone à l'intérieur de Gina qui n'avait jamais été pénétrée auparavant, et son clitoris perfide a commencé à pomper d'excitation, de l'humidité se rassemblant sur ses lèvres et ses murs pour accueillir cette nouvelle arrivée passionnante.

L'homme a commencé à pousser, ses hanches fortes ont pu forcer la dureté des parois internes de Gina avec une vitesse extraordinaire.

C'était incroyable.

Elle agrippa le bord du comptoir de l'évier tandis qu'il continuait à pénétrer ses lèvres vaginales humides, ses couilles la frappant.

Il ôta l'autre gant et, avec ses mains douces étonnamment grandes, parcourut son dos et ouvrit son soutien-gorge.

Elle tomba sur le carrelage, libérant ses seins.

Maintenant, elle ne portait ses talons que lorsque l'énorme bête l'a frappée par derrière.

Gina le sentit reculer, sa chatte obtenant un instant de soulagement momentané.

Mais il ne fallut pas longtemps avant que son pénis ne soit à nouveau en elle, mais cette fois vers son cul.

L'énorme bite du tueur a pénétré les plis serrés de l'anus de Gina, lui envoyant une douleur aiguë qui l'a traversée.

Pendant un moment, il pensa qu'il ne serait pas capable de supporter la douleur, les muscles serrés pour éjecter cet objet étrange, mais ensuite ils se détendirent quand la douleur commença à se transformer en plaisir.

Gina avait déjà reçu des relations sexuelles anales, mais pas d'un phallus aussi gros que celui-ci.

Le plaisir qui la submergeait maintenant n'était pas comparable à tout ce qu'elle avait ressenti auparavant.

Elle devait se rappeler où elle était.

Dans la maison de John baisée par un homme qui venait de le tuer.

Le cadavre de John, mort et déjà un peu froid, gisait à quelques mètres de là dans l'autre pièce comme une effigie horrible de son ancien moi.

Gina savait qu'elle ne pourrait jamais effacer cette image de sa mémoire, peu importe combien elle la méprisait.

Et cela effacerait sa haine pour lui s'il pouvait revenir vivant et l'aider maintenant.

Mais il y a quelque chose d'étrange dans ce qui se passe lorsque vous faites face à une menace de mort et Gina en faisait l'expérience pour la première fois dans cette salle de bain dans laquelle elle était maintenant captive.

Un instinct prend le dessus, si primitif que vous ne vous sentez plus comme un instinct animal.

Et tu sais que tu feras tout pour survivre.

Chapitre IV

L'homme lui a martelé le cul avec des fentes furieuses, la salive coulant de sa bouche, son beau visage rougi et excité.

Les sons bas et gutturaux qu'il émettait avertirent Gina qu'elle était sur le point de venir.

Elle agrippa fermement le bord du comptoir.

Le bout de ses doigts est devenu blanc alors qu'il se tenait.

« Merde », grogna l'homme.

'Je vais courrir'.

Et il l'a fait, et un lourd soupir est sorti de sa bouche, il a fermé les yeux et baissé la tête en arrière ...

Et Gina en a profité.

Il laissa tomber le comptoir et attrapa le couteau.

D'un coup sec et énergique de son bras, il le plongea dans le cou de son agresseur.

Elle se leva et l'appuya contre le mur, les tuiles froides contre son dos trempé de sueur.

Les yeux écarquillés de peur et d'inquiétude, Gina vit l'homme se tenir dans une posture statique, s'étouffant alors que ses grands yeux la fixaient.

Le couteau dépassait de son cou épais et brillant, et du sang rouge foncé s'infiltra le long du col de son manteau noir.

Son sexe était toujours dressé, une traînée rougeoyante de sperme balançant de la pointe.

Ses yeux stupéfaits restèrent fixés sur ceux de Gina alors que sa bouche s'ouvrait et que du sang coulait sur sa lèvre inférieure.

Il réussit à gargouiller le mot « salope » avant de s'effondrer en arrière et de s'écraser contre la porte.

Gina le regarda un instant, sa poitrine se soulevant et tombant, avant de laisser échapper un rire fou. Son plan avait fonctionné.

Première fois. Elle l'avait vu dans le miroir fermer les yeux alors qu'il éjaculait, elle était donc ravie du fait qu'il avait rendu l'attaque tellement plus facile.

Elle attrapa ses vêtements et s'habilla rapidement, cette fois en remettant sa culotte.

Elle a attrapé son sac et a donné des coups de pied à son agresseur avec l'orteil pointu de son talon. Puis elle lui cracha au visage.

«C'est pour m'appeler une chienne, fils de pute!

Il repoussa son corps pour pouvoir ouvrir la porte.

L'arrière de son crâne frappa le tapis avec un bruit sourd alors qu'il ouvrait la porte.

Elle marcha sur la pointe des pieds sur le corps imbibé de sang et entra dans la chambre.

Elle regarda le corps de John sur le lit.

Du sang sur le sol.

Sang au lit.

La mort partout où il regardait.

C'était trop.

Gina sortit en courant de la pièce et descendit l'escalier en colimaçon aussi vite que ses talons pouvaient la porter, des triangles cramoisis tachant le sol au fur et à mesure.

Au bas de l'escalier, elle s'arrêta, essuya ses larmes et contrôla ses pensées.

Ce style de vie avait tout gâché pour elle.

Il l'avait rendue misérable et cynique avec les hommes.

Il avait réorganisé son moral.

Et ce gros bâtard mort était l'un des pires avec ses manières corrompues et ses fantasmes sordides.

Il était un modèle dans la société, mais il a répandu et infecté tout ce qu'il a touché avec ses manières corrompues.

Y compris elle.

Cela avait fait de lui quelque chose qu'elle n'était pas.

Et maintenant, il l'avait transformée en assassin.

Elle avait tué en état de légitime défense et la merde qui gisait dans une mare de son propre sang méritait tout ce qui lui était arrivé.

Mais elle savait qu'elle n'oublierait jamais.

Comment il l'avait maltraitée comme si elle n'était rien de plus qu'une sale pute, et comment son corps l'avait trahie en répondant avec plaisir au toucher de ses mains sales et meurtrières.

Combien de vies d'autres jeunes femmes ces deux femmes ont-elles dû ruiner?

Et combien souffraient encore ces filles?

Je ne vais plus souffrir, pensa Gina.

Il monta les escaliers et entra dans la chambre.

La vue des deux cadavres morts lui donna envie de vomir, mais elle ravala sa nausée avec un coude et s'approcha du lit.

Le visage de John était un masque d'horreur, sa bouche noire et ouverte comme un poisson, ses yeux figés de terreur.

Gina détourna les yeux et attrapa le bracelet en or autour de son poignet tronqué.

Il y avait un mince médaillon rectangulaire qui attachait la chaîne.

Elle l'ouvrit et lut le numéro à l'intérieur: 47689.

Répétant le numéro sur sa tête comme un mantra, elle referma le médaillon et fouilla dans son sac.

Il sortit un mouchoir et essuya les empreintes digitales du médaillon.

Il lança un dernier regard dédaigneux à John avant de se retourner et de courir en bas.

Elle courut dans le couloir jusqu'à ce qu'elle atteigne le bureau de John et ouvrit la porte.

Il parcourut la pièce jusqu'à ce que ses yeux tombent sur ce pour quoi il était venu.

Le coffre-fort de John.

Il s'était vanté de son contenu lors d'une des visites de Gina et elle avait demandé à savoir ce qu'il y avait à l'intérieur.

"Beaux bijoux", avait-il dit avec un sourire arrogant.

"Ça vaut plus que toute cette maison."

Puis il tapota la chaîne de son poignet et porta son doigt à ses lèvres. "Chut".

Gina se dirigea vers le coffre-fort sur le mur et composa la combinaison.

Le coffre-fort a cliqué indiquant qu'il pouvait être ouvert.

Elle ouvrit la porte en acier et regarda à l'intérieur.

Au sommet d'une pile d'enveloppes brunes se trouvait une boîte à bijoux rouge veloutée.

Gina sentit un nœud dans son estomac.

Elle l'a ouvert pour trouver le collier de diamants le plus incroyable qu'elle ait jamais vu, avec ses pierres magnifiquement travaillées étincelantes d'effet cinématographique.

"Ça vaut plus que toute cette maison," se murmura-t-elle.

Assez pour rembourser toutes vos dettes et plus encore.

Le cœur battant dans sa poitrine, elle referma le couvercle et mit la boîte à bijoux dans son sac.

Elle ferma ensuite le coffre-fort et frotta son mouchoir sur ses traces éventuelles.

Elle se précipita hors du bureau et descendit le couloir jusqu'à la porte d'entrée, vérifiant que ses talons n'avaient laissé aucune empreinte incriminante d'elle sur ses planches brillantes.

Pas le vôtre.

Elle a ouvert la porte de la maison.

L'air frais et doux frappa ses joues alors qu'elle entrait dans la nuit et le fardeau de la présence dans la maison glissa instantanément de ses épaules.

Libérée enfin, elle descendit l'allée en gravier et sauta dans sa voiture, jetant son sac sur le siège passager.

Elle laissa tomber sa tête sur le volant et laissa échapper un cri profond et guttural.

Épuisée et épuisée, elle fouilla dans son sac et sortit son téléphone.

Elle a composé le 911.

"Police, s'il te plaît, je viens de tuer un homme."

FIN